Eric Carle, nato nel 1929 negli Stati Uniti e cresciuto
in Germania, è fra i più importanti autori per bambini,
conosciuto e ammirato in tutto il mondo. I suoi libri, tradotti
in 14 lingue, sono caratterizzati dall'originalità della narrazione,
dall'ingegnosità dei concetti, dall'immediatezza
dell'informazione, da una grafica nitida e da immagini
coloratissime, che li rendono particolarmente adatti e graditi
ai bambini dai 4 ai 6 anni.

Un libro originale da leggere e… toccare!
Le illustrazioni sono infatti arricchite da particolari
in rilievo che il bambino si divertirà a scoprire
"accarezzando" le pagine coloratissime e con un testo
che racconta la storia di un piccolo ragno e del suo
incontro con tanti simpatici animali.

www.ragazzimondadori.it

© 1984 Eric Carle
© 1990 Arnoldo Mondadori Editore S.p.A., Milano, per l'edizione italiana
© 2015 Mondadori Libri S.p.A., Milano
Pubblicato per accordo con Philomel Books USA
Titolo dell'opera originale *Die kleine Spinne spinnt und schweigt*
Prima edizione marzo 1990
Quarta ristampa febbraio 2016
Printed in Italy
ISBN 978-88-04-33198-8

ERIC CARLE

Il piccolo Ragno
tesse e tace

traduzione di Glauco Arneri

MONDADORI

SPLENDE IL SOLE E SOFFIA IL VENTO.
SOFFIA GIÀ DI BUON MATTINO E PORTA CON SÉ SOPRA I CAMPI IL PICCOLO RAGNO.
CON L'ARGENTEO FILO SOTTILE IL PICCOLO RAGNO RIMANE IMPIGLIATO
FRA I PALI DI UN RECINTO…

... E COMINCIA SUBITO A TESSERE LA SUA TELA.

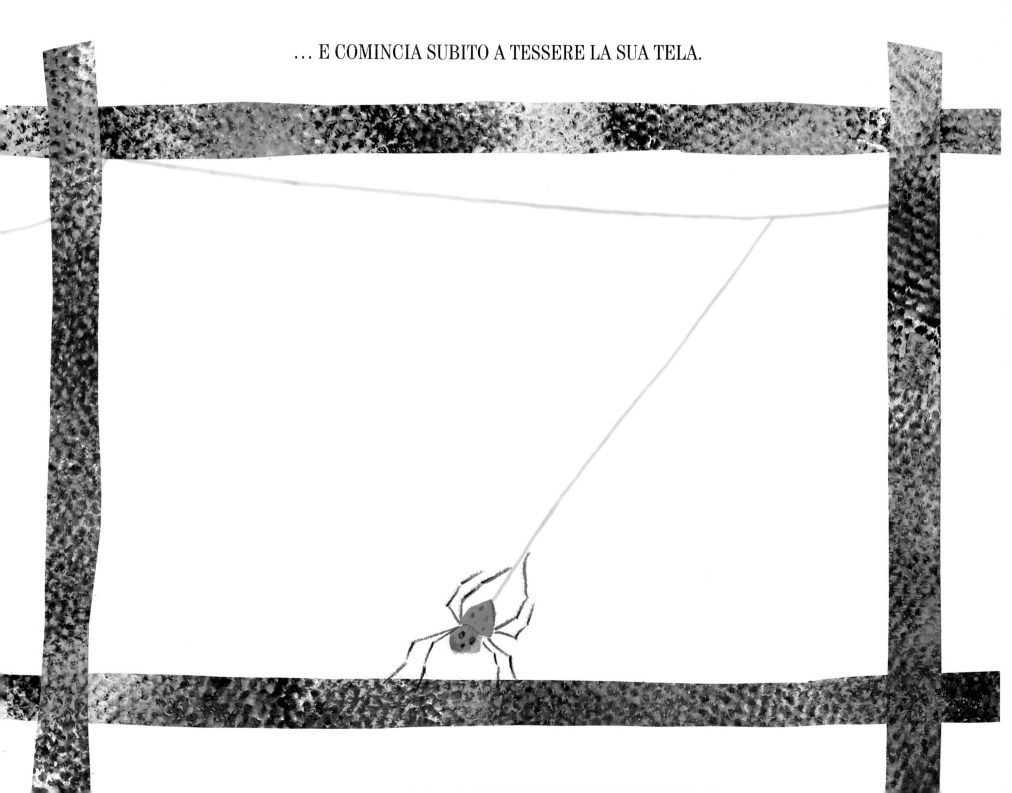

ARRIVA IL CAVALLO E GLI DICE: «HII! HII! VUOI VENIRE A CAVALCARE?»

IL PICCOLO RAGNO TESSE E TACE.

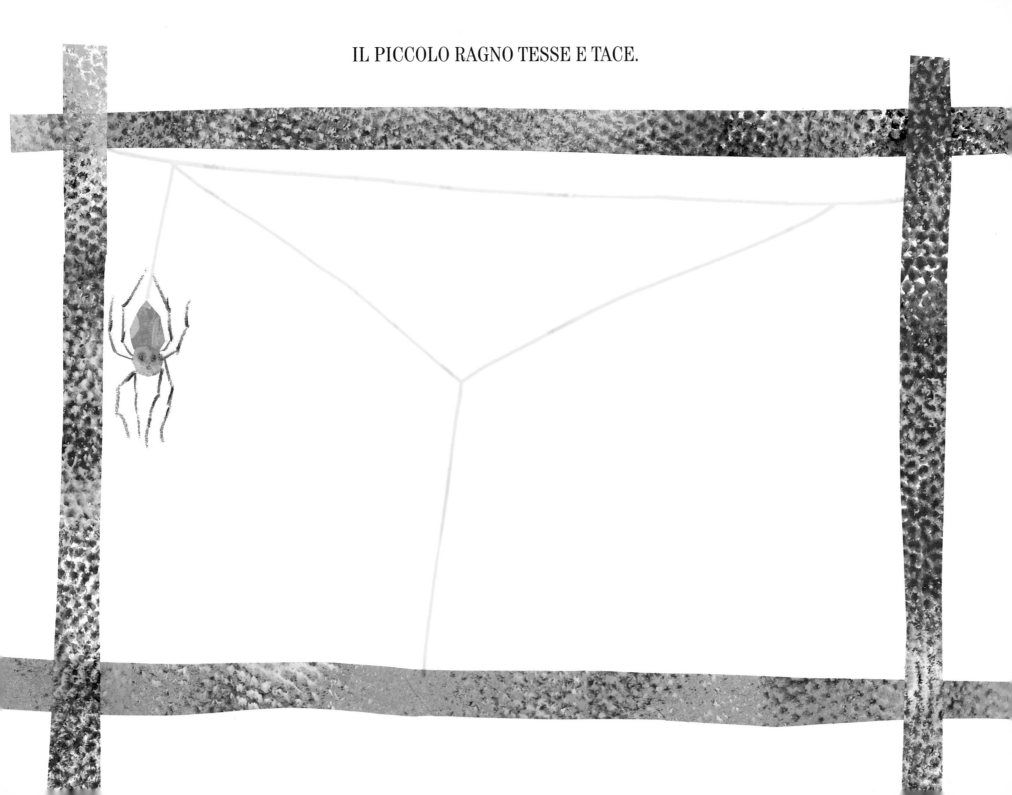

ARRIVA LA MUCCA E GLI DICE: «MUU! MUU! VUOI MANGIARE UN PO' DI FIENO E DI AVENA?»

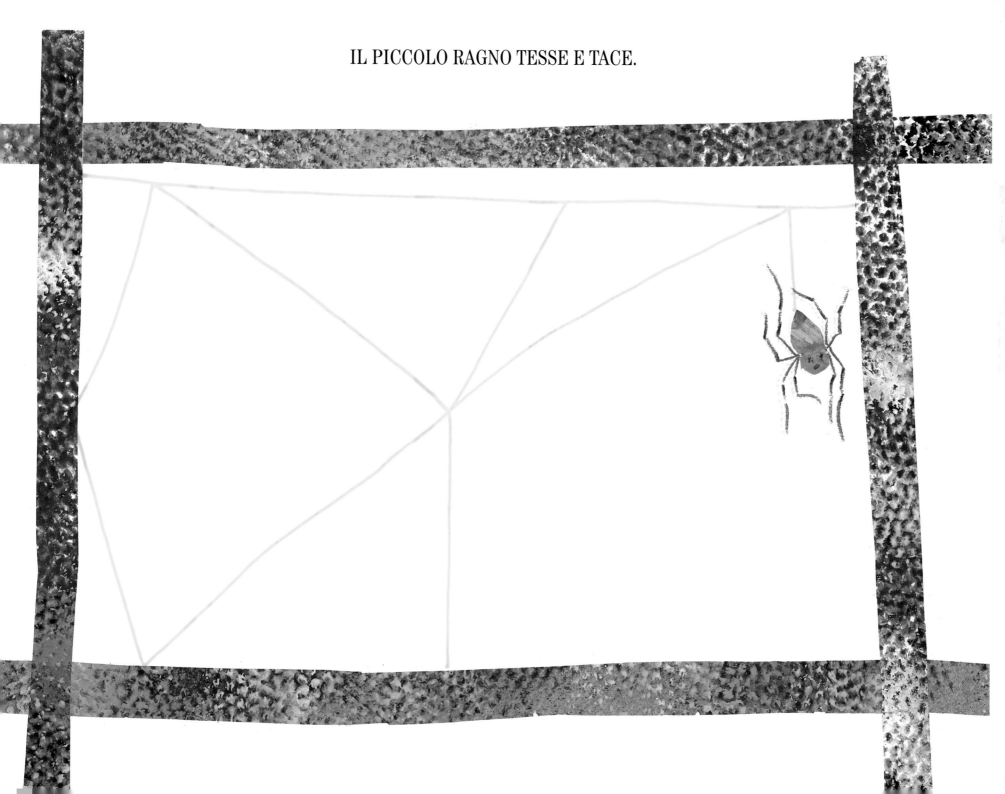

IL PICCOLO RAGNO TESSE E TACE.

IL PICCOLO RAGNO TESSE E TACE.

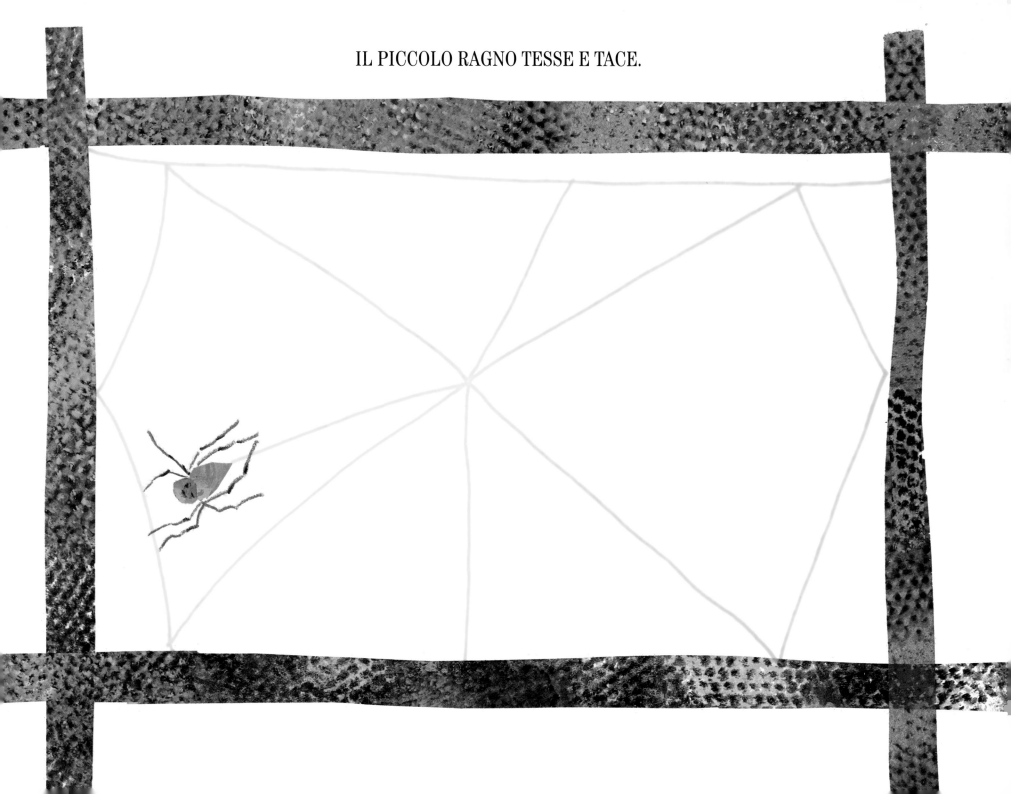

ARRIVA LA CAPRA E GLI DICE: «MEE! MEE! FACCIAMO A CHI SALTA DI PIÚ?»

IL PICCOLO RAGNO TESSE E TACE.

ARRIVA IL MAIALE E GLI DICE: «GRU! GRU! PERCHÉ NON ANDIAMO A ROTOLARCI NEL FANGO?»

IL PICCOLO RAGNO TESSE E TACE.

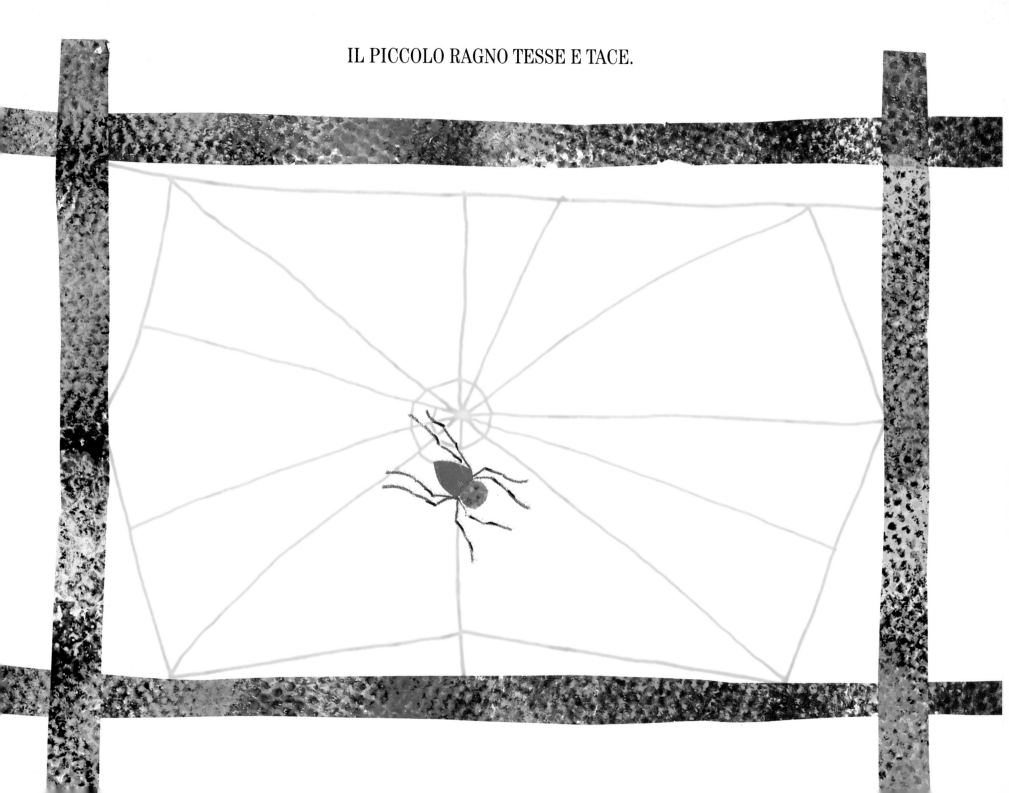

ARRIVA IL CANE E GLI DICE: «BAU! BAU! VIENI CHE ANDIAMO A CACCIA DEL GATTO.»

IL PICCOLO RAGNO TESSE E TACE.

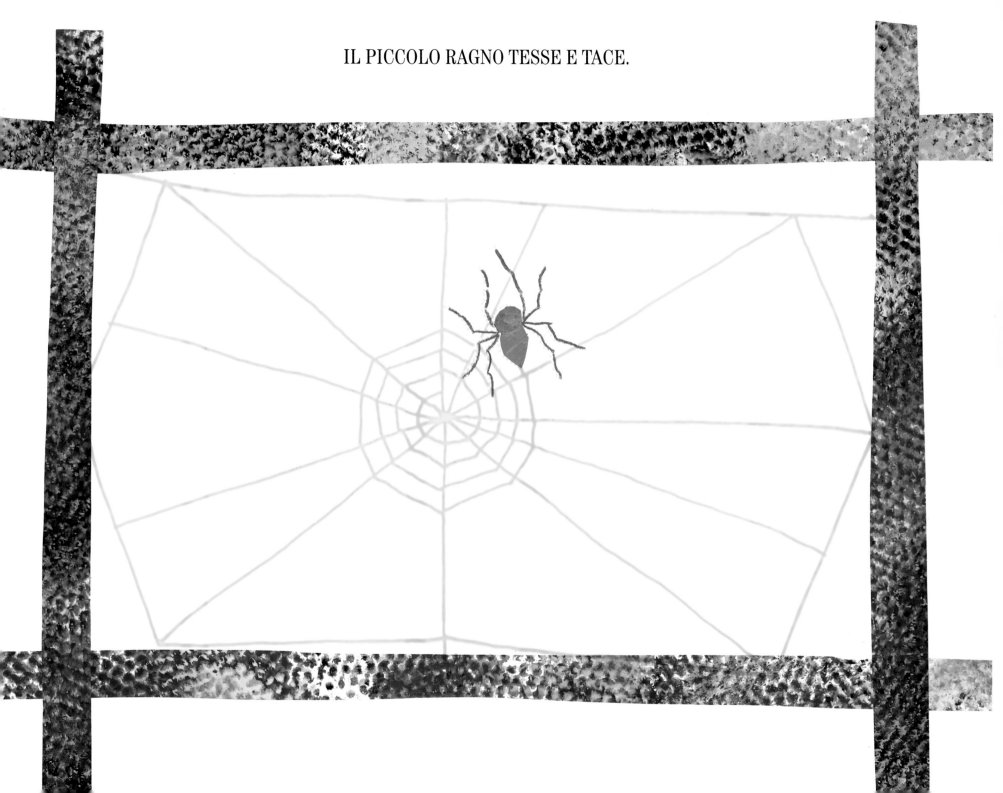

ARRIVA IL GATTO E GLI DICE: «MIAO! MIAO! SE ANDASSIMO A FARCI UN PISOLINO?»

IL PICCOLO RAGNO TESSE E TACE.

ARRIVA L'ANATRA E GLI DICE: «QUA! QUA! VIENI CON ME A NUOTARE?»

IL PICCOLO RAGNO HA SMESSO DI TESSERE. LA RAGNATELA È PRONTA.

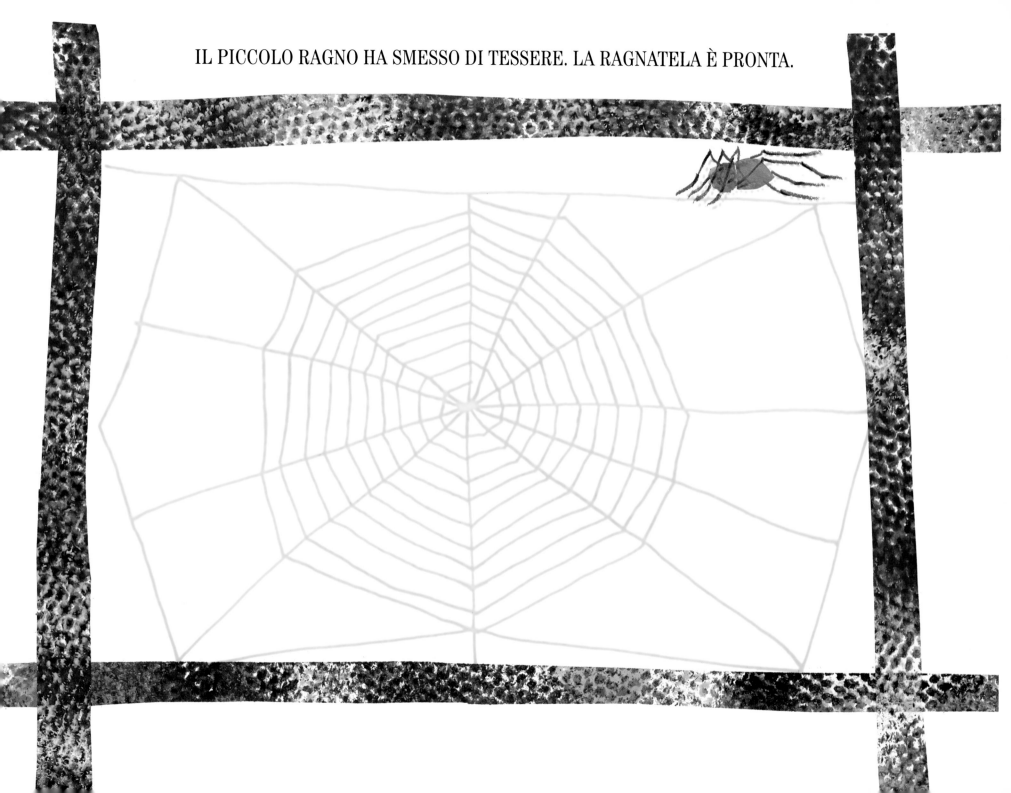

ALLORA ARRIVA IL GALLO E GLI DICE: «CHICCHIRICHÍ!
PERCHÉ NON ANDIAMO ASSIEME AD ACCHIAPPARE LE MOSCHE?»

IL PICCOLO RAGNO TACE E...

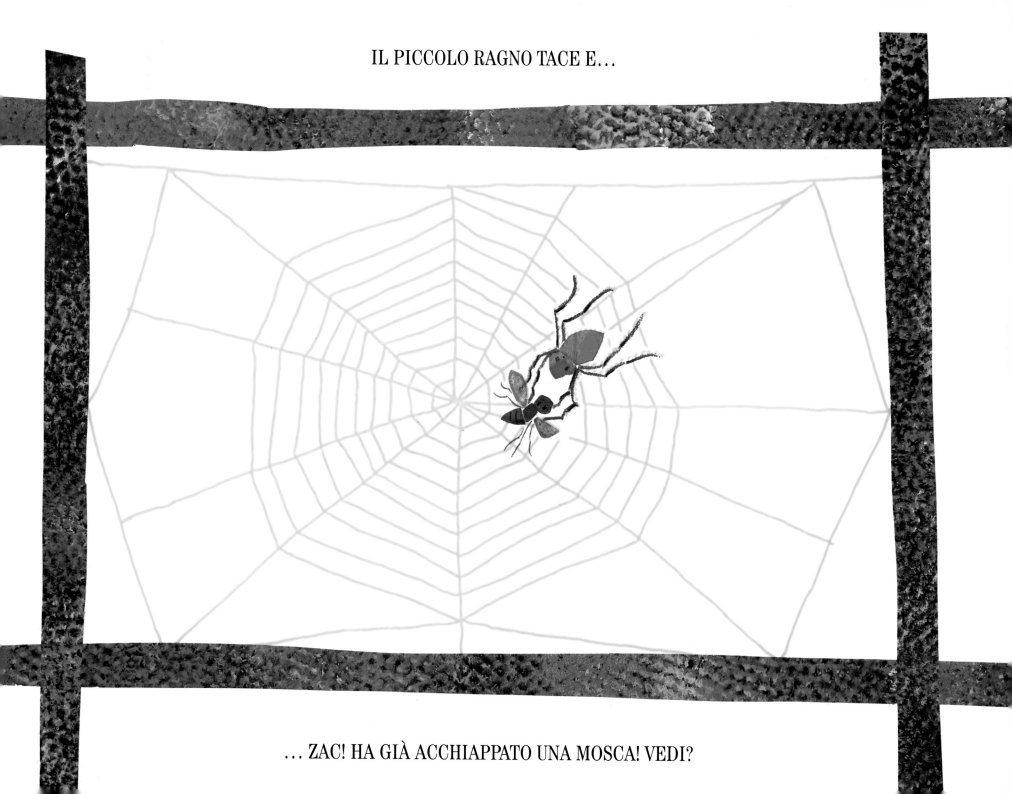

... ZAC! HA GIÀ ACCHIAPPATO UNA MOSCA! VEDI?

ALLORA ARRIVA
LA CIVETTA E DICE:
«UUU! UUU! CHI HA
FATTO QUELLA
BELLA RAGNATELA?»
IL PICCOLO RAGNO
TACE. DORME GIÀ
DA UN PO'. È STATA
UNA DURA GIORNATA
DI LAVORO.